Lincoln Peirce

NATE EL GRANDE

Date: 04/01/21

RBA
LeCTORUM

Originally published in English under the title
BIG NATE BLASTS OFF
Author: Lincoln Peirce

Text and illustrations copyright©2016 by United Feature Syndicate, Inc.
Translation copyright©2019 by Mireia Rué
Spanish edition copyright©2019 by RBA LIBROS, S.A.

U.S.A. Edition

Lectorum ISBN 978-1-63245-783-7
Legal deposit: B-11.685-2019

Printed in Spain.

10 9 8 7 6 5 4 3 2 1

Para David y Phoebe, mis campeones

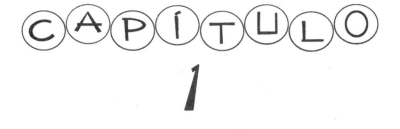

CAPÍTULO 1

¿Saben qué es genial? La clase de estudios sociales.

Pues sí, me han oído bien. Para mí la clase de estudios sociales es oficialmente lo mejor del día. Me gusta más que inglés. Y que ciencias. Y que mates. Incluso me gusta más que ARTE, lo cual es mucho decir...

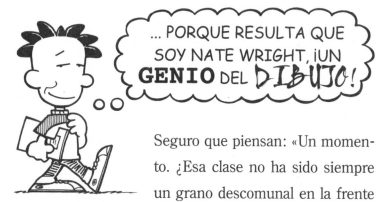

... PORQUE RESULTA QUE SOY NATE WRIGHT, ¡UN **GENIO** DEL ~~DIBUJO~~!

Seguro que piensan: «Un momento. ¿Esa clase no ha sido siempre un grano descomunal en la frente de la vida?». (Respuesta: ¡pues claro!) Entonces ¿cómo ha pasado al primer lugar en mi lista?

Ojo, NO es que por arte de magia me haya transformado en un lambón como Gina...

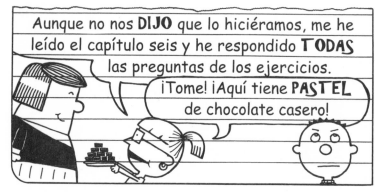

Aunque no nos **DIJO** que lo hiciéramos, me he leído el capítulo seis y he respondido **TODAS** las preguntas de los ejercicios.

¡Tome! ¡Aquí tiene **PASTEL** de chocolate casero!

Ni que esté obsesionado con las curiosidades como Francis.

Y la profesora tampoco es que haya mejorado.

Entonces ¿qué ha cambiado? La respuesta es sencilla:

Gina lleva sentándose detrás de mí desde que los dinosaurios deambulaban por la Tierra. No puedo demostrarlo, pero estoy seguro de que formaba parte del plan secreto de la señorita Godfrey para controlarme.

(Y por culpa de la reacción psicótica de Gina a cada pregunta de la señorita Godfrey, he desarrollado un tic nervioso. Bueno, ahora estoy divagando).

La cuestión es que Gina es un auténtico dolor de muelas. Así que cuando la semana pasada Aliento de Dragón decidió cambiarnos de sitio, yo estuve totalmente a favor. No tenía nada que perder, ¿verdad?

Exacto. Sentó a Gina en el lugar más apestoso del aula. Bienvenida al Valle de la Muerte, Nariz de Pincho.

¿Y a mí? Me sentó delante de Ruby Dinsmore.

Aún no la conozco mucho, pero parece muy agradable. Y además es superlinda. Y lo mejor de todo es que no se pasa el día adulando a los profesores y restregándote sus notas por la cara, como la Princesa Sabelotodo.

Adiós, Gina; bienvenida, Ruby. ¡Menuda mejora! POR ESO estudios sociales me gusta tanto últimamente.

—Sí, yo tampoco —le digo hojeando mi cuaderno—.
A ver si lo encuentro. Soy... soy... mmm...

—¿Esto? Oh, no es más que un cómic que he hecho.

—¿En serio? ¿Me dejas leerlo? —me pregunta Ruby. Titubeo.

—No está... Quiero decir que aún no lo he terminado, así
que...

En realidad sí está terminado. Era una excusa para no tener que enseñárselo, porque… Bueno, les cuento enseguida.

Ruby suelta una risita y me devuelve el cómic.

—¡Me ha GUSTADO! —me susurra—. Y ¡creo que he reconocido a algunos de los personajes!

Vale... pero ¿CUÁLES? ¿Lo ven? Por eso no quería que lo leyera:

Tampoco tiene por qué ser fiel a la realidad ni nada; es solo un cómic. Pero no me gustaría que Ruby creyera que me paso el día esperando a que me dé un beso en la boca. Porque no es así. Podría haber puesto a CUALQUIERA en esa última viñeta. Que la haya dibujado A ELLA es totalmente... mmm...

La señorita Godfrey se cierne sobre mí, con los agujeros de la nariz muy abiertos. ¿Cómo lo hace? Esta mujer tiene la talla de un mamut lanudo alimentado a base de grasa, pero nunca la oigo acercarse. Simplemente... APARECE.

—¿Qué tienes ahí? —me pregunta, con la mirada fija en el cómic. (Observación rápida: esto no va a acabar bien).

—N-nada —tartamudeo, tratando de meter las hojas de nuevo dentro de la carpeta—. Un proyecto para otra clase.

¿Insultar? A ver, he escrito una obra maestra de seis páginas en la que ELLA es la protagonista. Debería sentirse halagada. Pero no. Se ha sacado del bolsillo su libretita rosa. Ahí va: una hoja de castigo. Adelante, todo el mundo a mirar. Sé que lo están deseando.

La señorita Godfrey descarga su mano rolliza sobre mi escritorio y deja ahí una hoja de castigo.

—Entrégale esto a la señorita Czerwicki después de clase —me gruñe. Genial. Será tan divertido pasar otro rato con la señorita Czerwicki. No la veo desde... ¿desde cuándo? Ah, sí:

Trato de terminar las demás clases sin meterme en más problemas. Casi no lo consigo en clase de arte, por culpa de un tubo de pintura azul celeste, una silla giratoria y los pantalones del señor Rosa. Y ciencias se convierte en una pesadilla, porque me toca Kim Cressly de compañera de laboratorio.

Pero al final oigo sonar el timbre. Se han acabado las clases... para la MAYORÍA. Yo aún TENGO que quedarme en la escuela una hora más, por culpa de la absoluta falta de sentido del humor de la señorita Godfrey.

Me dirijo a la sala de castigo arrastrando los pies, mientras rezo para que la señorita Czerwicki no tenga uno de sus días quejicas. La última vez se pasó tres cuartos de hora cotorreando sobre sus venas varicosas (sea eso lo que sea) y luego...

¡Eh!

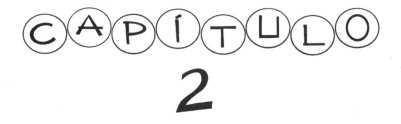

CAPÍTULO 2

Gina —¡precisamente Gina!— plantada junto a la mesa de la señorita Czerwicki. Me dedica una de esas sonrisas suyas que dicen «yo soy mejor que tú».

Bueno, a ver si lo entiendo. La Reina Perfectita solo ha recibido una hoja de castigo en toda su vida (fue por perder los estribos en la biblioteca; es una larga historia), así que no creo que se haya metido en ningún lío. Y adular a la encargada de vigilar el aula de castigo no le ayudará a subir nota. La verdad, no tengo la menor idea de lo que hace aquí.

—Tengo cosas mejores que hacer que tratar de leerte la mente, Gina —le gruño. Ella asiente y me dice:

—Probablemente eso es verdad...

—Sí, es demasiado PEQUEÑA para que pueda leerla —le suelto.

—Ya está bien —nos espeta la señorita Czerwicki—. Nate, dame tu hoja de castigo.

Corrección: NO lo dibujé en clase. Lo había llevado a clase. Si la señorita Godfrey decide tenerme encerrado...

—¡... y aproveches esta hora para PENSAR en lo que has hecho!

Vale. Eso es lo que dice siempre. Supongo que espera que pase algo parecido a ESTO:

Qué asco. Mejor lo dejo aquí. DIBUJARME abrazando a Bola de Manteca me arruinaría el almuerzo.

Bueno, ¿ven lo que se consigue con los castigos? Los adultos creen que nos enseñan «lecciones de vida» mágicas, pero la cosa no funciona así.

Y allá va otra vez. Para ser alguien que se pasa el día prohibiendo hablar a los demás, la señorita Czerwicki es peor que una cotorra. Habla y habla y habla... ¡Están a punto de sangrarme los oídos! Entonces...

—¿Lectores? —repito mientras Gina sale de la habitación—. ¿De qué habla? —La señorita Czerwicki me sonríe de oreja a oreja.

—¡Gina está escribiendo mi perfil para la siguiente edición del *Semanario Corneta*!

Vaya. No pretendía que sonara como si me riera del *Corneta*. Pero la verdad es que el periódico se las trae. Enseguida les diré por qué. Ahora mismo tengo cosas más importantes de las que ocuparme.

Eso duele. ¿Realmente era necesario? Tengo que admitir que me castigan a menudo, pero tampoco ocurre a diario. Más bien dos veces por semana. O tres.

O... MMM... DOCE.

Bueno, da igual. Volvamos al *Semanario Corneta*. Es el periódico de la escuela y es muy malo.

No malo de los que DA RISA, como el libro que nos mandó leer el señor Clarke sobre una niña a la que criaron unos delfines y que, de mayor, se hizo bióloga marina. Solo MALO malo. El *Semanario Corneta* tiene problemas.

Problema n.° 1: ES ABURRIDO. Las escuelas secundarias no son los lugares más trepidantes de la Tierra, pero ¿eso es una excusa para publicar titulares como estos?

NINGÚN CAMBIO EN EL MENÚ DEL MEDIODÍA

EL BAÑO DE LOS CHICOS SIGUE AVERIADO

EL SEÑOR GALVIN PIENSA «CAMBIAR EL CINTURÓN POR LOS ELÁSTICOS»

NUEVA PAPELERA EN LA SALA DE INFORMÁTICA

EMPIEZA LA RECOGIDA DE BOTELLAS

EL EQUIPO DE MATEMÁTICAS QUEDA EN TERCER PUESTO EN LA COMPETENCIA TRES ESCUELAS

EL CONSEJO ESTUDIANTIL VUELVE A APLAZAR LA REUNIÓN

ENCUESTA A LOS ESTUDIANTES: ¿CUÁL ES TU COLOR PREFERIDO?

BOSTEZO...

Observación para el personal del *Semanario Corneta*: se supone que los titulares deben ENGANCHARTE, no provocarte un coma. Si yo fuera el director del periódico, habría formulado esos titulares así:

¡LA COMIDA ES ASQUEROSA! LA VIDA DE LOS ESTUDIANTES EN PELIGRO

¡NUEVO ATASCO EN LOS BAÑOS! ¡A VER SI SE «ENCAGAN» YA DE ARREGLARLO!

AL SEÑOR GALVIN SE LE CAEN LOS PANTALONES: ¿HAY QUE LLAMAR A SANIDAD?

¡BASURA AMONTONADA EN LA SALA DE INFORMÁTICA! ¡FIESTA PARA LOS BICHOS!

RECOGIDA DE BOTELLAS: ¿A QUIÉN LE IMPORTA?

LAS CUENTAS NO CUADRAN: LOS NERDOS DE MATES QUEDARON ÚLTIMOS

EL CONSEJO ESTUDIANTIL SE GANA LA FAMA DE VAGOS REMATADOS

EXCLUSIVA: ¿POR QUÉ EL CORNETA SIGUE HACIENDO ENCUESTAS IDIOTAS A LOS ESTUDIANTES?

¡JA JA JA JA JA!

Problema n.° 2: NO TIENE NINGÚN CÓMIC. Ni horóscopo, ni crucigramas, ni tampoco esas columnas en las que la gente pide consejos para reavivar sus matrimonios putrefactos. El único intento de añadir algo entretenido al *Corneta* lo hizo Maura Flaherty el mes pasado al incluir ESTO:

¡¡ADIVINANZA!!   AUTORA: MAURA

Vale, buen intento, Maura. Tus «gotas de lluvia» parecen una invasión de cebollas mutantes. Y encima no es gracioso. ¿Quieres que la gente se parta de risa? Pues mira lo que haría un dibujante de cómics de verdad:

Por cierto, ANTES el *Corneta* publicaba mis cómics, pero un grupo de quejicas protestó: les parecía que el Doctor Cloaca realizando una amigdalectomía con una sierra eléctrica era demasiado violento. Y eso fue el fin de mi carrera en el periódico.

Problema n.° 3: SU NOMBRE NO TIENE NI PIES NI CABEZA. Así lo expresó Chad el otro día:

¿POR QUÉ LO LLAMAN *SEMANARIO CORNETA* SI SOLO SALE UNA VEZ AL MES?

Exacto. Y encima es para morirse de aburrimiento. Quizá deberían escribirlo de otro modo y llamarlo el *CALVARIO Corneta*. Lo único que sé es que...

¡EL PERIÓDICO DE LA ESCUELA NECESITA **RENOVARSE**!

¡AQUÍ ESTÁS!

¿CÓMO HA IDO EL CASTIGO?

—Oh, ¡ha ido FANTÁSTICO! — digo con exasperación.

—¿Te imaginas a la señorita Czerwicki en una bañera? — se ríe Francis.

—¿Tengo que hacerlo? — repone Teddy, con una mueca.

—¿Se puede saber qué están haciendo aún por aquí? —les pregunto.

—¡Aún falta para la Competencia del Barro! —señalo.

—¡Nunca es demasiado pronto para empezar a entrenar!
—responde Teddy.

—Un momento, no deberíamos lanzar el Frisbee dentro
del edificio — observa Francis, muy nervioso.

¡Por favor! A veces es tan aguafiestas.

—Deja de preocuparte —insisto—. No nos verá nadie.

Y, con su juego de muñeca, Teddy hace flotar el Frisbee a lo
largo del pasillo mientras yo
salgo pitando tras él.

¡FIU!

Corro a toda velocidad y, cuando estoy a pocos pasos de protagonizar uno de mis momentos memorables, de hacer uno de los diez mejores movimientos del siglo en el mundo del Frisbee, una puerta se abre de par en par delante de mí.

De repente, veo dos cosas muy claras: en primer lugar, me equivocaba al decir que todo el mundo se había marchado a casa; y, en segundo lugar, no puedo frenar.

¡PLAM!

Ahora mismo lo veo todo un poco borroso (los choques a esta velocidad tienen este efecto en mí), pero reconozco esa voz. Es Randy Betancourt, ganador del premio al «alumno con más probabilidades de limpiar el suelo con la cara de otro» de la Escuela Pública 38. Me agarra de la camiseta y me levanta.

Caray. Si sobrevivo a esta, el día de hoy aparecerá en la lista de «Los peores días de mi vida». No es solo que Randy esté a punto de partirme en dos (o tal vez en pedacitos aún más pequeños)…

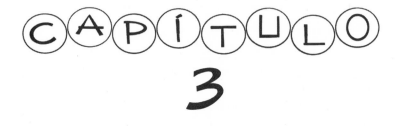

CAPÍTULO 3

De repente, ocurre algo extraño: Randy deja de acosarme y se pone en modo dulzón.

—Estoy bien… —responde Ruby, algo desconcertada—. ¿Qué están haciendo?

«Pasando el rato» es un modo de decirlo. Este sería otro: INTENTA MATARME.

—Bueno, esto…, yo ya debería irme —balbucea Randy. Y entonces (y no me digan que lo veían venir, porque no es así) ¡me suelta!

No dice qué cosas son esas, pero ¿y qué más da? Mientras no tengan que ver con hacerme perder cantidades enormes de sangre, me parece genial. Cuando lo veo desaparecer tras la esquina, respiro aliviado.

Ruby... titubea. Creo que espera que le diga algo. Pero esto es distinto a hablar con ella en clase. Esto es REAL. Me devano los sesos tratando de encontrar una respuesta ingeniosa. Vamos, Nate, ¡PUEDES HACERLO!

O quizá NO puedes. Genial, requetebobo. Qué facilidad de palabra.

Me arden las mejillas.

—¿Qué quieres decir?

—¡Randy! —responde Teddy—. ¡Creía que iba a PUL-VERIZARTE!

—Sí —confirma Francis.

—Tal vez ha pensado que Ruby podía causarle problemas —sugiere Teddy—. Ya sabes, irle con el cuento a un profesor o algo así.

—A ver, ¿crees que si fuera eso habría actuado de forma tan poco propia de él? Lo dudo.

Dee Dee aparece, mirándonos a los tres con esa expresión suya que dice: «Los niños no saben nada de nada».

—¿Y TÚ de dónde sales? —pregunta Teddy.

—Una gran actriz nunca desvela sus secretos —anuncia.

Madre mía. ¿Les había mencionado que Dee Dee es la presidenta del Club de Teatro?

—Supongo que necesitan que les cuente lo que ha ocurrido, ¿verdad, atontados? —dice con un suspiro.

Silencio incómodo. Eso significa que sí.

BUENO, LO **PRIMERO** QUE TIENEN QUE ENTENDER ES QUE RANDY ESTÁ **SUPER LOCO** POR RUBY.

¿QUÉ?

¿QUÉ?

El estómago me da un vuelco. ¿A Randy le gusta Ruby?

NO... ¡**NO PUEDE SER!**

Y POR ESO LE **PREOCUPA** TANTO LO QUE ELLA PUEDA **PENSAR** DE ÉL.

—He aquí MI teoría de lo que ha ocurrido —prosigue Dee Dee—. Randy iba a convertir a Nate en tofu picado...

—¡No quiere que ella lo vea como un abusón! ¡POR ESO ha fingido que él y Nate se lo estaban pasando EN GRANDE!

—No tan en grande —refunfuño.

—Porque, a veces —nos dice Dee Dee—, ¡los chicos se ponen nerviosos cuando tratan de hablar con las chicas!

No le respondo. Está claro que Dee Dee ha visto mi reciente fracaso épico con Ruby. Puede que incluso sospeche que Randy no es el ÚNICO que está loco por ella. Pero aún no estoy listo para hacerlo público. Es un secreto.

Genial. Doña Chismosa ataca de nuevo. Menudo modo de airear mi vida privada, Dee Dee. ¿Qué será lo siguiente? ¿Colgar mis calzoncillos del asta de la bandera de la escuela?

El caso es que Francis y Teddy se quedan de piedra.

Tienen razón: he estado loco por Jenny desde primero y toda la ESCUELA conoce la historia. Claro que tal vez USTEDES no. Aquí la tienen:

UN «JENNYQUE» por tus PENSAMIENTOS

Nate Wright

Todo empezó hace cinco años.	Busquen el cartel en el que aparece su nombre. ¡Ese será su sitio!
¡Bienvenidos a **PRIMERO**, niños!	
Señorita Bigbee	

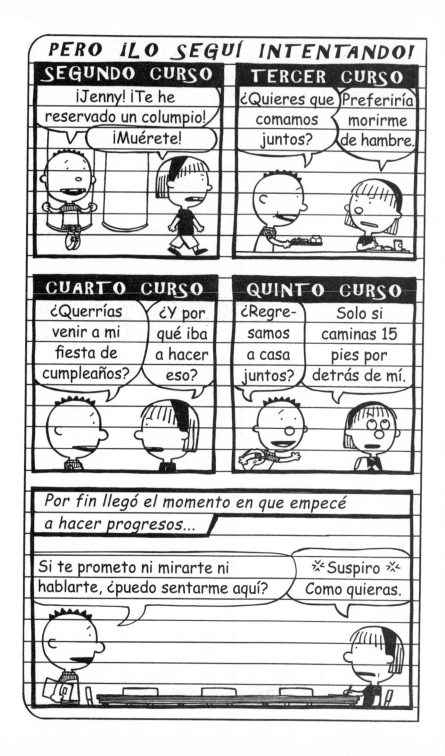

—Hasta ahora.

—Entonces ¿ya no te gusta Jenny? —me pregunta Francis, estupefacto—. No me lo puedo creer.

—Pues créetelo —me limito a responderle.

—Pero ¿POR QUÉ, después de tanto tiempo? —quiere saber Teddy.

—La verdad es que no lo sé —admito, encogiéndome de hombros—, pero cuanto más lo pienso, más claro lo veo.

¡JENNY ME ODIA!

—¿Cómo te has dado cuenta, genio? —me suelta Teddy—. ¿Por los cinco años de rechazo constante?

—No es muy amable contigo, eso seguro —admite Francis, echándose a reír.

—Pero ¡RUBY sí! —trina Dee Dee—. ¡Ustedes dos podrían convertirse en la nueva pareja de moda de sexto!

¡SLURP!

¡ISSSSSSS!

JE JE JA JA JA JE JE

—Ya basta, chicos —les digo—. Apenas la CONOZCO.

—Si Ruby está enamorada de Randy... —Dee Dee resopla.

—No le digan a nadie que me gusta Ruby. No quiero que se riegue el cuento en la escuela.

—Vale —gruñe Dee Dee. No cabe duda de que está decepcionada. Le encantan los chismes.

—Vamos, chicos, pasen —les digo cuando llegamos a mi casa.

Dejamos las mochilas en la puerta y nos dirigimos a la cocina.

—¿Alguien quiere picar algo? —pregunta papá. Se impone un silencio incómodo.

—Um… Creo que mejor vamos afuera a tirar el Frisbee —responde Francis muy educado.

—Sí, ¡tenemos que practicar para la Competencia del Barro! —añade Teddy.

A papá se le ilumina la cara.

—¡Ah, la Competencia del Barro! Yo asistí a la primera, ¿saben?

—¿En serio? Y ¿jugaste, papá? —le pregunto.

—No solo jugué —dice con una sonrisa—, sino que…

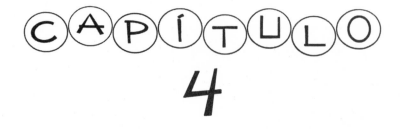

CAPÍTULO 4

¿Acaba de decir papá lo que me pareció oír? Si es así, ¡puede que valga la pena ESCUCHAR la historia!

—Créanlo o no... —empieza a decir.

—¿Cómo era usted entonces? —pregunta Dee Dee con ese tono íntimo tan habitual en ella.

—Les diré algo interesante acerca del barro —anota Francis—. Con el tiempo se endurece hasta convertirse en una roca sedimentaria llamada lutita.

—¿Y A QUIÉN LE IMPORTA ESO? —grito—. Papá, ¿qué ocurrió en el partido?

¿Y QUIÉN **GANÓ?**

—Se lo enseñaré —responde papá. Rebusca en su escritorio hasta encontrar lo que buscaba, y me tiende una hoja de papel amarillenta—. Este es el artículo del periódico de la escuela.

LOS LINCES PERROTAN A LOS JINETES EN LA «COMPETENCIA DEL BARRO».

¿«PERROTAN»?

SUPONGO QUE QUERÍAN DECIR «DERROTAN».

PARECE QUE EL SEMANARIO CORNETA YA ERA UN DESASTRE POR AQUEL ENTONCES.

¡LÉELO, NATE!

LOS LINCES PERROTAN A LOS JINETES EN LA «COMPETENCIA DEL BARRO»

PARQUE NICNACK - Ayer por la tarde, bajo una buena tormenta, un equipo de estudiantes de la escuela pública 35 derrotó a la Escuela Secundaria Jefferson en un partido supersensacional de Ultimate Frisbee: 13-12. Por culpa del estado embarrado y descuidado del campo, los jugadores y los fans bautizaron este enfrentamiento colosal con el nombre «Competencia del Barro». Marty Wright se convirtió en la estrella del partido al marcar el punto ganador durante la prórroga.

Desde el centro del campo, Simon Birch lanzó un pase de 50 yardas a la zona de anotación del equipo Jefferson. Al parecer, nadie consiguió atraparlo, pero Wright echó a correr como un loco y, tras dejar atrás a su defensa, se lanzó para atrapar el Frisbee y anotó el punto ganador. Los fans de los Linces gritaron entusiasmados.

El equipo Jefferson pidió una revancha, así que ¡es bastante posible que la Competencia del Barro se convierta en un acontecimiento anual!

Marty Wright, de sexto, anota el punto ganador en la «Competencia del Barro», el partido de Ultimate Frisbee que se celebró ayer contra la escuela Jefferson.

La mandíbula casi se me cae al suelo. Me quedo mirando a mi padre fijamente, muy asombrado.

¿FUISTE EL HÉROE DE LA COMPETENCIA DEL BARRO?

BUENO, ¡FUE UN TRABAJO DE EQUIPO!

—¡No me lo puedo creer! —prosigo—. ¡No sabía que fueras tan BUENO en algo!

—MUCHAS gracias —dice arqueando una ceja.

Dee Dee salta más que una pelota de baloncesto que se hubiera tomado un esteroide.

—¡Realmente inventó usted la Competencia del Barro!

NO LO HA **DICHO** PARA APORTAR ALGO DE... YA SABE...

¿... DRAMATISMO?

¡EXACTO!

Mi padre asiente.

—Fue bonito estar allí al principio de todo. Tal como dice el artículo, se convirtió en un evento anual.

—¿Saben lo que es tradición? ¡PERDER! — dice Teddy —. La escuela 38 ganó la PRIMERA Competencia del Barro...

—Bueno, si queremos romper esa racha perdedora — dice Dee Dee —, ¡será mejor que empecemos a practicar!

Nos pasamos la tarde arrojándonos el Frisbee hasta que anochece y la pandilla se va. Después de una de las «exquisitas» cenas de papá (por cierto, el «pollo fiesta» no es tan divertido como parece), subo a mi habitación. Tengo un montón de deberes… que haré en algún momento.

A la mañana siguiente, de camino a la escuela, mis amigos y yo aún seguimos hablando de la Competencia del Barro.

—Les diré por qué vamos a ganar — dice Teddy —. Ha habido treinta y siete Competencias del Barro, ¿verdad? ¡Eso significa que la SIGUIENTE será la TREINTA Y OCHO!

¡LA ESCUELA PÚBLICA **38 TIENE** QUE GANAR LA COMPETENCIA DEL BARRO NÚMERO **38!** ¡ES COSA DEL **DESTINO!**

—Eso del destino no existe —declara Francis—. La vida es una serie de acontecimientos casuales.

¡NO TAN CASUALES COMO LOS DEBERES DE MATES DE NATE!

¡EMPUJÓN!

¡AY, QUÉ **CÓMICO** ERES!

—Lo que quiero decir — prosigue Francis — es que algunas cosas escapan a nuestro control.

Hablando de cosas incontrolables... ahí llega Dee Dee.

—¿Por qué te comportas de forma tan rara? —le pregunto.

—¿Yo? —responde, poniendo su cara de angelito inocente—. ¡NO es verdad! ¡Solo te estaba saludando!

Transcurren diez segundos de silencio absoluto hasta que consigo balbucear una respuesta: —¿Q... qué?

Chad me sonríe de oreja a oreja y, mientras se aleja tranquilamente, me dice:

—¡Hacen una pareja ESTUPENDA!

Empiezo a notar que me arden las mejillas. ¿Quién le ha contado a CHAD que me gusta Ruby?

Pues claro.

¡JE, JE! ✳ GLUPS... ✳
¡PUEDO EXPLICARLO!

—Ven conmigo —le espeto.

Vamos a la biblioteca para hablar en privado. Aunque parece que «privado» no forma parte del vocabulario de Dee Dee. Ya me había enojado con ella antes, pero esto es mil veces peor. He llegado al nivel de irritación código-rojo, alarma de incendios, volcán en erupción.

¡SE SUPONÍA QUE DEBÍAS MANTENER LA BOCA CERRADA SOBRE RUBY!

¡LO SIENTO, NATE! ¡DE VERDAD QUE SÍ!

RINCÓN DE LECTURA

—Es que, de camino a la escuela, hablando con algunos compañeros… ¡se me ha escapado!

—¡Ahora lo sabrá TODO EL MUNDO! —siseo.

Dee Dee sacude la cabeza.

—¡No, qué va! Solo se lo he contado a Chad y a dos compañeras del Club de Teatro.

Fulmino a Dee Dee con la mirada.

—¿Quieres hacer otra predicción?

Se ha quedado sin palabras. Para todo hay una primera vez.

¡Qué desastre! Lo único que hice fue contarles a mis amigos que me gustaba Ruby. Y ahora, gracias a la chismosa de Dee Dee, mi secreto casi se ha convertido en uno de los anuncios que se hacen por el altavoz cada mañana en la escuela. ¿Qué dijo Francis acerca de las cosas que no podemos controlar?

CAPÍTULO 5

¿Y ahora qué hago? ¿Hablar con Ruby para aclararle por qué media escuela cree que somos pareja? ¿O hago como si nada hubiera sucedido?

Aún sigo molesto con Dee Dee, pero, a juzgar por la cara que pone, está claro que ocurre algo. Y estoy bastante seguro de que no es nada BUENO. Vuelvo la cabeza.

Supongo que debería habérmelo esperado. Ayer Randy estuvo a punto de darme un masaje en la nariz con los nudillos y, al final, se contuvo. Así que probablemente ahora querrá acabar lo que empezó.

Espero a que me suelte una de sus agradables frases ingeniosas —«Prepárate para morir» es una de sus predilectas—, pero no dice nada. Se queda ahí de pie, mirándome. Ni siquiera parece enojado. Esa actitud no es propia de él. En realidad da un poco de miedo.

Poco a poco, sin apenas apartar los ojos de mí, se agacha, me abre la mochila y...

En un abrir y cerrar de ojos, todas mis cosas vuelan por los aires: libretas, deberes, dibujos, todo lo que quieran y más. La imagen me recuerda al confeti que sueltan en los desfiles, solo que aquí nadie celebra nada.

Y todavía menos la señorita Hickson.

Hickey (tal como yo la llamo, aunque no en su cara) es buena persona, pero la saca de quicio ver aunque solo sea el envoltorio de un chicle en el suelo, así que pueden imaginarse lo emocionada que está con ESTA escena.

—Ho-hola, señorita Hickson —tartamudeo, con la esperanza de calmarla un poco antes de que suelte a los perros.

Me vuelvo y veo que Randy se ha largado. Típico. NUNCA se mete en problemas.

Y también se las apañará para librarse de esta. Si le digo a Hickey que ha sido Randy quien ha bombardeado su Rincón de Lectura, solo le daré a ese abusón más motivos para matarme. Me da mucha rabia dejar que se salga con la suya, pero no me queda otra opción. Tengo que confesar.

—Le estaba... gastando una broma a Nate y se me ha ido de las manos —miente Dee Dee mientras la miro boquiabierto.

Hickey también parece sorprendida. Y he aquí las buenas noticias: de repente, se la ve menos enfadada y dice:

—La biblioteca no es lugar para gastar bromas, chicos.

¡Uf! Cuando Hickey se marcha, sonrío de oreja a oreja.

—Gracias, Dee Dee —digo—. No tenías por qué cargar con la culpa.

—Sí, sí que debía —me responde con toda tranquilidad.

> ¡HA SIDO CULPA **MÍA** QUE RANDY HAYA HECHO VOLAR TUS COSAS POR LOS AIRES!

—¿Qué? Aún estaba enojado conmigo por haber chocado con él ayer por la tarde. ¿Cómo va a ser eso culpa TUYA?

—No creo que esté enojado por lo que hiciste...

¡... SINO POR LA PERSONA **QUE TE GUSTA!**

¡... Y PORQUE **TÚ** LE GUSTAS A **ELLA!**

—Y ESA parte es culpa mía —se lamenta Dee Dee. No está haciendo teatro. Está disgustada de verdad.

No puedo seguir enfadado con Dee Dee.

—Tranquila —le digo—. Habría acabado enterándose de una forma u otra.

Es más fácil decirlo que hacerlo. Randy ya no me acosa porque sí. Ahora soy su COMPETENCIA. Me da un vuelco el estómago cuando lo pienso: ahora me ODIA de verdad.

Qué agradable pensamiento, ¿no les parece? No puedo quitármelo de la cabeza en toda la mañana. Está ahí en clase de estudios sociales…

… En inglés…

… E incluso en arte.

Y mis supuestos mejores amigos no son de mucha ayuda.

MMYHC: Menos Mal que Ya es Hora de Comer. Eso significa que puedo concentrarme en algo que no sea Randy...

¿Se acuerdan que les conté que las meriendas de mi padre daban pena? Pues sus almuerzos son aún PEORES. El único modo de llevarme a la boca algo decente es encontrar a alguien tan chiflado como para intercambiar su comida con la mía.

MENÚ DEL DÍA

con ¡PAPÁ EL CHEF!

ÑAM!

● TESORO DEL MAR

Restos de guisado de pescado
frío, bañado en grasa y servido
en un magnífico envase
de plástico que pierde líquido.

● POPURRÍ DE VERDURAS

← calabacín
← brócoli
← coliflor
← desconocido

¿Por qué comer **UN** solo
vegetal demasiado
cocido y blando cuando
puedes tragarte
CUATRO?

● FRUIT DU JOUR DEMASIADO MADURA

Especial del día: pera harinosa
cubierta de atractivas
magulladuras y perforaciones
supurantes.

● PASTELITO ORGÁNICO

Mezcla una cucharada de agua
con dos tazas de serrín.
Métalo en el horno hasta que
esté carbonizado y seco.

¡COMAN SANO!

ÑAM!

La parte positiva es que tratar de intercambiar algo incomible es una buena manera de conocer gente. Y la parte negativa…

¿Ven a lo que tengo que enfrentarme? Me alegro de poder hacerlos reír un poco mientras se atiborran, pero, entretanto, yo me muero de hambre.

Es Kayla MacIntyre.

—¿Yo? —le pregunto, titubeante. Asiente con la cabeza, haciéndome señas para que me acerque a su mesa.

Pues no. Lo que SÍ sé es que tiene una bolsa de patatas fritas de sabor a barbacoa. ¿Me las cambiaría por una pera medio podrida? Por supuesto, Kayla no se ha dado cuenta de que me comería un camello.

—Estaba en la biblioteca cuando Randy… ya sabes —prosigue—. Y en el suelo he encontrado algo tuyo.

—Sí, es mío —confirmo.

—Pues me ha encantado —me dice Kayla—. Es divertido y también inteligente.

—Ya sé que todo el mundo opina que el *Corneta* es penoso —me lee el pensamiento—, pero ¡eso es lo que trato de cambiar! Necesitamos que se involucre más gente.

—¿Que se involucre cómo?

—Pero... ¿sobre qué iba a escribir yo?

—No sería solo escribir —me explica—. ¡También podrías añadir dibujos! ¡Eso es lo que lo haría especial!

Me encojo. «CHISME» no es precisamente mi palabra preferida desde que la noticia de que me gusta Ruby se ha vuelto viral. Claro que si la columna la escribo yo...

Me dirijo a toda prisa a la mesa a la que solemos sentarnos para contarles a Francis y a Teddy la gran noticia.

—¿Súper, verdad? —les digo después de ponerlos al día de los detalles.

—Pero ¡si siempre te estás quejando de lo horrible que es el *Corneta*! —apunta Francis.

—¿Cómo la vas a llamar? —pregunta Teddy.

—¡Tengo el título perfecto! —anuncia Francis.

—¡Eh! ¡Me GUSTA! —exclamo.

—Es un nombre genial —coincide Teddy—. ¿De qué hablarás en tu primera columna?

—Todavía no lo sé. Quizá sea una especie de lista.

—He oído que tu comida de hoy ha sido horrible —dice, soltando una risita.

Trato de responder con lo que debería haber sido una risa encantadora, pero en su lugar acabo soltando una extraña combinación de eructo e hipo.

—Esto... Sí — consigo decir —. Mi padre no sabe cocinar.

—¡Eh! ¡EH! — dice Teddy sonriendo cuando Ruby ya no puede oírnos —. ¡Esa es una buena señal!

Francis asiente con la cabeza.

—¡Sí, Nate! ¡No te habría dado un refresco si no le gustaras!

El corazón me late con fuerza. Tal vez tenga razón. Quiero decir que Ruby ha hecho un esfuerzo para ser amable conmigo. ¿Qué significará eso? Mientras mi cabeza es un remolino de pensamientos sobre Ruby, contemplo la lata y la abro.

CAPÍTULO

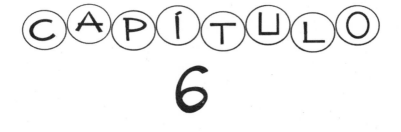

6

Doce onzas de soda me estallan en la cara. Arrojo la lata, pero el daño ya está hecho: estoy chorreando. No hay nada como tomar una ducha de refresco delante de cientos de personas.

Francis y Teddy no se ríen. Se pasan el día molestándome de muchas maneras —es lo que SE SUPONE que deben hacer los mejores amigos—, pero enseguida se dan cuenta de que este no es uno de esos momentos incómodos de los que reírse. En realidad me siento…

Menos mal que Francis llevaba un montón de servilletas de sobra en la bolsa de su comida. Mientras me seco, Teddy da en el clavo:

Asiento, muy a mi pesar, y digo:

—Ya lo sé.

—¿Qué quieres decir? —pregunta Francis.

—Quiero decir que Ruby debe de haberle tendido una trampa con esa lata.

—¿Qué? ¡Eso no tiene NI PIES NI CABEZA! —balbucea Francis.

¿NO ESTÁBAMOS TODOS DE ACUERDO EN QUE A RUBY LE **GUSTABA** NATE?

—Bueno... Es lo que CREÍAMOS —musito. Se me hace un nudo en el estómago. Me gustaría poder desaparecer.

—No tiene lógica —dice, como si estuviera analizando un proyecto de ciencias que hubiera salido mal—. ¿Por qué iba a ser Ruby tan amable contigo...?

¿...Y LUEGO HACERTE ALGO TAN **MISERABLE?**

¡NO LO HA HECHO!

—Lo he visto todo —anuncia Dee Dee—. ¡No ha sido culpa de Ruby!

¡ESTO ES LO QUE HA OCURRIDO!

CUANDO RUBY ESTABA ACABANDO DE COMER, SE LE HA ACERCADO ARTUR.

ACH, POBRE NATE.

¿QUÉ? ¿POR QUÉ POBRE NATE?

ÉL TRATA DE INTERCAMBIAR SU HORRIBLE COMIDA.

PERO NO LE VA MUY BIEN.

AY, ¡QUÉ **TRISTE!**

PUAJ.

Una descarga de energía me recorre el cuerpo. ¡Así que ha sido todo cosa de RANDY! Debería haberlo sospechado. Ruby no me haría una cosa así. El trabajo detectivesco de Dee Dee acaba de demostrarlo.

—Si viste a Randy agitando la lata, ¿por qué no impediste que Ruby se la diera a Nate?

¡Exacto! Si Dee Dee hubiera intervenido, podría haberme ahorrado la limpieza facial a base de soda.

—¡Lo INTENTÉ! —insiste Dee Dee—. Pero cuando estaba a punto de venir corriendo…

¡Ajá! La señorita Colletti es la ayudante del comedor y cuando te dice que limpies algo, lo limpias. Se parece un poco al entrenador John, pero con las piernas más peludas.

—Lo hacemos nosotros, Nate —se ofrece Dee Dee.

¡Tú ve a **LAVARTE**!

Buena idea. Las servilletas de Francis me han venido muy bien, pero aún llevo encima media lata de soda y, al secarse, me está dejando una película pegajosa en la piel. Me siento como un bastón de caramelo al que han lamido por todas partes.

CHICOS

Salgo de la cafetería camino del baño...

... e interrumpo una reunión del Club de los Anti-Nate, presidida por el presidente Randy Betancourt.

—Como si no lo supieras —le gruño.

—Lo siento —me suelta Randy con una risita—, pero no tengo ni idea de lo que hablas.

Los repugnantes de sus fans se ríen.

Veo la sombra de la duda en su rostro, pero Randy enseguida se recupera. Se vuelve hacia el grupo y les ladra:

—Lárguense, chicos.

La puerta se cierra tras ellos. Al cabo de un segundo, tengo a Randy pegado a mi cara.

—Más te vale mantener la boca cerrada —me gruñe.

Seguro que va a pegarme, pero ahora mismo estoy más enojado que asustado. Tomo aliento y le digo:

—Me parece un poco extraño mostrarle a una chica que te gusta…

Randy me fulmina con la mirada y me enseña los dientes como un perro rabioso. ¿Se acuerdan de que estaba más enojado que asustado? Olvídenlo: estoy aterrado.

Y entonces entra el *sheriff*.

Por cierto: acaban de presenciar un milagro. El director Nichols NUNCA aparece cuando lo necesito. Su especialidad es presentarse justo cuando MENOS me conviene.

—Lo preguntaré otra vez —retumba el Grandullón—.
¿Qué está pasando aquí?

Antes de que tenga tiempo de responder, Randy se convierte en el Señor Inocente y empieza a decir:

—Yo estaba en el baño...

Y ENTONCES HA ENTRADO **NATE** Y ¡HA EMPEZADO A **GRITARME!**

—Sí —responde el director Nichols acariciándole la mejilla—, he oído gritos.

¡EXPLÍCATE, NATE!

¿POR QUÉ LE GRITABAS A RANDY?

¿Hace falta que les cuente lo que ocurre después? Randy regresa con su cuadrilla de atontados mientras el director Nichols me suelta una bronca descomunal.

—¿Me va usted a castigar? —le pregunto.

Me acompaña al pasillo mientras me dice:

—No creo que en este caso castigarte sea la solución. No parece que te haya servido para dejar de molestar a Randy.

Sí, cierto, nos peleamos... ¡PORQUE ES UN PSICÓPATA! ¿Es solo cosa de nuestra escuela, o los directores de los demás centros también están tan cegatos?

—Nate, si no puedes dejar tranquilo a Randy...

Glups. Imagínense LO QUE HABRÁ querido decir. No es que me encante que me castiguen, pero seguro que eso es pan comido comparado con cualquier cosa que pueda ocurrírsele a Nichols.

Mis pensamientos regresan a Randy. Todo esto es culpa suya. Menudo...

... ASQUEROSO

... ANTIPÁTICO

... ODIOSO

... IDIOTA

... REPELENTE

... DETESTABLE

... CRETINO

... MENTECATO

Todos esos calificativos lo describen. Si se me ocurren más insultos desagradables —¿zopenco?— los añadiré a la lista.

El resto del día es un poco aburrido. Randy está en todas mis clases de la tarde, así que no tengo modo de evitarlo. Aún se siente muy bien consigo mismo por la escena de la lata.

Trata de enfurecerme, es obvio. Espera que salte, pierda los estribos y me meta en más líos. Pero no pienso darle lo que quiere.

No, no me voy a enojar.

CAPÍTULO 7

Después de clase, me voy directo a casa. No me quedo a escuchar a la señorita Czerwicki quejándose de sus eternos hongos en los pies. Y no entreno para la Competencia del Barro.

Mejor dicho: Podré llevar a cabo mi MISIÓN en cuanto papá se quite del medio.

¿HAS ACABADO AQUÍ? PORQUE TENGO QUE...

SÍ. DE TODOS MODOS DEBO IRME YA.

Mmm... Papá no lleva su ropa habitual de la sección de «Horrible y Ridícula» de la tienda «La última ganga».

—¿Por qué vas tan arreglado? —le pregunto.

—Oh, cosas del trabajo —me dice—. Nada importante.

ESTARÉ DE VUELTA DENTRO DE UN PAR DE HORAS.

—¿Por qué no traes pizza, papá? —le sugiero—. Hace mucho que no compramos comida para lle...

—Nada de comida para llevar —me interrumpe—. Prepararé la cena más tarde.

Ay, madre... Estoy impaciente.

¡¡OTRA EXCITANTE NOCHE DE GUISANTES CONGELADOS Y GLOBOS DE CARNE!!

(Información decepcionante: Los globos de carne no son más que las salchichas fritas de toda la vida. Papá empezó a llamarlas así cuando éramos pequeños para que el plato pareciera menos patético).

—Qué raro —dice Ellen en cuanto papá se ha marchado.

¡NUNCA SE PONE TRAJE PARA IR A LA OFICINA!

Es verdad. Papá tiene uno de esos empleos que le permiten trabajar en casa la mitad del tiempo y siempre lleva ropa bastante informal. Ayer, por ejemplo, se pasó el día vestido con unas bermudas y una camiseta en la que se leía «¡ME ENCANTA SER CALVO!». Así que es extraño verlo emperifollado como un maniquí.

Gordie es el novio de Ellen. Y, sí, ese detalle pone en entredicho la estabilidad mental del pobre chico. Sin embargo, debe de estar en sus cabales, porque trabaja en la tienda Klassic Komic del centro comercial. Ser empleado de una tienda de cómics ocupa el puesto número cinco en mi lista de trabajos ideales. Aquí tienen los cuatro primeros:

—¡Ojalá tuvieras tú el trabajo de Gordie! —protesta Ellen—. Este fin de semana hará medio año que salimos y tiene que TRABAJAR.

—¡Vaya! —exclamo—. ¿Ya llevan seis meses saliendo? No es que me importe, pero necesito un minuto: esto es una investigación.

UM... Y... ¿CÓMO SE CONOCIERON?

¿QUÉ QUIERES DECIR?

BUENO, ¿QUÉ TE DIJO GORDIE PARA CONFESARTE QUE LE GUSTABAS?

¿POR QUÉ ME LO PREGUNTAS?

POR NADA. SOLO TENÍA... ✳ ¡COF! ✳ CURIOSIDAD Y...

¡UN MOMENTO! ¡UUUUUN MOMENTO!

A Ellen se le ilumina la mirada y me dedica una de sus sonrisas repulsivas.

—¡Te gusta alguien!

—¡Cállate! —le suelto. Me arden las mejillas—. Solo estaba dándote conversación, eso es todo. Déjalo.

—Oh, vamos, Romeo. ¿Quién es la desafortunada? ¿Aún sigues loquito por Comosellame? ¿Jenny?

¡NO! ¡DÉJAME EN PAZ!

—¡Eh! ¡No la tomes conmigo! ¡ERES TÚ el que ha empezado —me dice frunciendo el ceño.

Se larga, lo cual me parece fabuloso. Las hermanas mayores suponen un gasto inútil de oxígeno. Además, aún estoy muy confundido con toda la historia de Ruby.

| Sé que me gusta. | Pero ¿le gusto yo a ella…? | ¿O quien le gusta es Randy? |

Puaj. De repente, la imagen de Randy y Ruby besuqueándose a cámara lenta se me cuela en la mente. Es asqueroso, pero también es lo que necesitaba. Me ayuda a concentrarme en lo que tengo entre manos:

A la mañana siguiente, antes de clase, me encuentro a Kayla en la biblioteca.

... Y espero. Y espero un poco más. Recuerden que estamos hablando del *Semanario* (ja-ja) *Corneta*. En realidad faltan casi dos semanas para que salga el siguiente número, en el que debutará este humilde servidor.

Saltémonos el excitante perfil de la señorita Czerwicki que ha escrito Gina (titulado «La responsable del aula de castigo sigue trabajando a pesar de una misteriosa erupción cutánea») y vayamos directamente a la atracción principal:

VOL. 1 ★ ★ ★ ★ ★ ★ N.º 1

¡EL CORNETAZO!

NATE WRIGHT

«Publico todo lo que cabe»

¡Saludos, lectores! ¡Bienvenidos a la NUEVA columna que los mantendrá AL DÍA de las últimas noticias de la E. P. 38! Empecemos con una exclusiva.

¿NUEVA HISTORIA DE AMOR?

Derek y Melissa han comido juntos tres días seguidos. Todo el mundo se pregunta: ¿hay AMOR en el menú?

SEÑAL INDISCUTIBLE: ¡SE DAN LA COMIDA EL UNO AL OTRO!

Una fuerte discusión entre **Austin y Lucy** en el Rincón de Lectura. ¿Qué significa?

Conversación oída el lunes cerca del laboratorio de ciencias: **Bethany** le suelta una bomba-A a **Leo**.

Conversación oída el martes junto a la vitrina de los trofeos: Leo se recupera enseguida.

HORA DE...
¡CHISMES SOBRE LOS PROFESORES!

¿Hasta dónde conoces a los miembros del profesorado de la E. P. 38? ¡Estos datos te dejarán PASMADO!

A cierta profesora de estudios sociales le encanta montar a caballo (lo que nos lleva a la pregunta: ¿se encuentra bien el animal?)

Una vez este profesor de ciencias fosilizado se hizo la permanente (cuando aún tenía pelo). ¡Eso sí fue un experimento fallido!

Un empleado psicópata del departamento de educación física sigue un tratamiento contra la «flatulencia crónica».

⑤ ¡Es una rata ASQUEROSA!

¡TOMA!

DIRECTOR NICHOLS, ¡NATE ME HA DADO UNA PATADA!

PISTA EXTRA: El nombre de nuestro estudiante misterioso rima con «Shmandy Shmetancourt!

★ ★ ★ ★ ★ ★ ★

¡Eso es todo por ahora! Lean la próxima edición del *Semanario Corneta* para disfrutar de otra entrega de «¡EL CORNETAZO!».

Enseguida me doy cuenta de que ha sido todo un éxito.

¿HAN VISTO ESO?

¡QUÉ RISA!

¡POR FIN HAY ALGO DIVERTIDO EN EL PERIÓDICO!

Los pasillos están llenos de niños leyendo el *Corneta* y partiéndose de risa. Todos chocan los cinco conmigo. In-

cluso Leo. ¿Han oído eso? Esa es la mejor parte: les encanta que haya desafiado a Randy. Puede que el director de la escuela no se haya dado cuenta de cómo es en realidad, pero mis COMPAÑEROS, sí.

No soy idiota. Sabía que en cuanto Randy leyera «El Cornetazo» perdería los estribos. Pero ya me había hartado de sus abusos. Randy llevaba tanto tiempo creando problemas —y saliéndose SIEMPRE con la suya— que al final decidí devolvérsela. (Por supuesto, esperaba poder evitar una pelea de verdad. Pero no ha habido suerte).

El director Nichols aparece dos minutos demasiado tarde, como siempre. E, inmediatamente, Randy adopta la actitud de víctima.

Es la señorita Dempsey, la consejera estudiantil. Sin apartar los ojos de Randy, se inclina hacia el director y le susurra algo al oído. Él la escucha, asiente un par de veces y se vuelve hacia nosotros dos.

Al cabo de cinco minutos, el Grandullón se aparca detrás de su mesa, fulminándonos con la mirada.

Randy me lanza una mirada asesina y murmura:

—Me he abalanzado sobre él.

—Mmm. Sí, eso confirma lo que me ha dicho la señorita Dempsey —dice el director Nichols—. Y Nate... ¿por qué supones que Randy se ha enojado tanto como para atacarte así?

Veo una copia del *Semanario Corneta* encima de su mesa, así que no tiene sentido hacerse el tonto.

BUENO... ESTO... ME HE REÍDO DE ÉL EN EL PERIÓDICO.

—En otras palabras —concluye el director Nichols—: AMBOS son responsables de este problema.

... LO QUE SIGNIFICA QUE AMBOS DEBERÍAN ENCONTRAR JUNTOS LA **SOLUCIÓN**.

Y ¿qué se supone que significa ESO? Por favor, que no se esté refiriendo a algunas de esas insoportables actividades de «trabajo en equipo» que nos obligan a hacer cada año el primer día de escuela.

—La señorita Dempsey ha sugerido que ambos asistan a sesiones de consejería estudiantil —nos dice el director Nichols.

—A veces un COMPAÑERO puede resolver este tipo de disputas mejor que un ADULTO —explica.

Randy parece estar tan emocionado como yo.

—¿Quiere decir que tenemos que contarle a algún estudiante comecocos por qué nos odiamos?

El director Nichols sonríe. O hace una mueca. Es difícil de decir.

—Algo así — confirma.

Presiona el botón del intercomunicador de su mesa y dice:

—Señorita Shipulski...

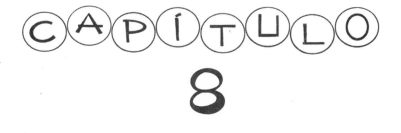

Por favor, que sea alguien chévere. Por favor, que sea alguien chévere. Por favor, que sea…

El director Nichols me fulmina con la mirada y, con cierta crispación en la voz, me pregunta:

—¿Algún PROBLEMA, Nate?

¿Algún problema? Oh, ¿como por ejemplo que quien debe aconsejarme sea la NOVIA DE FRANKENSTEIN?

—Hoy, después de clase, ustedes tres se reunirán para empezar a dialogar —aclara. Dialogar. Genial. Ya lo estoy oyendo:

—Gina ha hecho el curso de preparación para actuar como mediadora —prosigue el director—. Ella ESTARÁ a cargo de las sesiones.

Puaj. Es horrible. En mi vida he tenido pesadillas...

Pero esto es peor que un sueño. Es tan real como una patada en el trasero. E igualmente desagradable.

El director Nichols repasa sus instrucciones. Gina y Randy salen del despacho y, cuando estoy a punto de cruzar la puerta, el Grandullón me suelta:

UN MOMENTO, NATE. AÚN NO HEMOS TERMINADO.

Trago saliva. ¿Y AHORA qué?

Señala el ejemplar del *Corneta* y añade:

—En tu columna no solo te limitas a meterte con Randy. También te burlas de algunos PROFESORES... y te pasas de la raya.

Se me seca la boca.

—Bueno... sí..., pero ¡no menciono ningún NOMBRE!

PERO ¡HAS DEJADO BASTANTE CLARO A QUÉ PROFESORES TE REFERÍAS!

¿... NO TE PARECE?

—Ajá —murmuro, mirando hacia el suelo.

Un largo silencio.

—Nate —dice entonces el director—, eres un dibujante de cómics con mucho talento y es fantástico que tengas este don para expresarte con humor.

... PERO LOS CHISTES NO TIENEN POR QUÉ HACERSE A EXPENSAS DE LOS **DEMÁS**.

A NADIE LE GUSTA QUE SE **RÍAN** DE ÉL, NATE.

Esperen un momento. Enseguida lo soltará. Va castigarme, o a expulsarme o...

ESO ES TODO. PUEDES IRTE.

Salgo del despacho arrastrando los pies. Me da vueltas la cabeza. Es el típico mareo que siento después de estos encuentros penosos con el director…

… pero debo admitirlo: me han animado bastante todas las alabanzas que ha recibido «El Cornetazo». Si todos siguen diciéndome lo estupendo que soy…

—Acabamos de enterarnos de que tienes sesión de consejería estudiantil después de clase —me dice Francis frunciendo el ceño.

—No me lo recuerdes —gruño.

Ay. Me había olvidado del entreno para la competencia.

—Y no solo eso —añade Teddy—: te perderás una oportunidad de estar con tu CHICA DE LOS SUEÑOS.

Mi estómago se hunde como un ladrillo en una bañera. Estoy empezando a sentirme como el tonto que hace la elección equivocada en uno de esos concursos televisivos.

Trato de no pensar en ello, pero hay un reloj en todas las aulas y con cada tic-tac estoy un segundo más cerca de la terapia de pareja con Gina y Randy.

Es un conteo regresivo hacia la desgracia, hasta que...

Parece desconcertada.

—Pero yo creía que eran AMIGOS. ¿Te acuerdas de ese
día que los vi peleando y...?

—¿... Y Randy dijo que solo estábamos pasando el rato
juntos? —digo—. Sí, me acuerdo. Pero no somos amigos.

Titubeo. No quiero hablarle a Ruby de todas las veces que Randy se ha metido conmigo a lo largo de todos estos años. Le parecerá que soy un quejica llorón.

En lugar de eso, saco de la carpeta un ejemplar del periódico y se lo entrego por la página de «Adivina quién es».

—Él SIEMPRE está enojado conmigo —levantó la mirada hacia el techo—, pero esta vez está furioso.

—Pues CONMIGO nunca se enoja —dice Ruby, encogiéndose de hombros.

Vaya, ¿qué se supone que significa ESO? ¿Me está mandando algún tipo de mensaje en clave?

Caramba. Se acabó la conversación. Ahora nos toca ciencias, y, en el laboratorio, Ruby y yo estaremos en grupos de trabajo distintos hasta el final del trimestre. Trato de seguir hablando con ella después de clase, pero…

¿Se acuerdan de lo que ha dicho el director Nichols? Gina está a cargo. Y ella lo sabe. Me entran ganas de vomitar.

Bueno. Pero tampoco pienso llegar ANTES. Mientras bajo las escaleras sin darme ninguna prisa, veo al equipo de la Competencia del Barro, dirigiéndose al entrenamiento.

No me responden. Supongo que no deben de haberme oído. Trato de no hacer caso del vacío que siento en el pecho y entro en el despacho de la señorita Dempsey. Gina y Randy ya están ahí.

—Menuda tontería —musita Randy por lo bajo. Por una vez, estamos de acuerdo en algo.

HABLA DE ELLO

LO ÚLTIMO QUE QUIERO ES MÁS CONSEJERÍA.

Un momento. ¿Ha dicho… «MÁS consejería»?

Gina finge no haberlo oído.

—Empecemos —dice de pronto, entregándonos papel y lápiz—. Me gustaría que cada uno escribiera las impresiones que tiene del otro.

—¿Impresiones? —repite Randy. (¿Les había mencionado que no es muy listo?)

¡SÍ, IMPRESIONES! ¡LO QUE VES EN LA OTRA PERSONA!

¡Y ME REFIERO A TODO! ¡LO BUENO Y LO MALO!

Parece bastante fácil, ¿no? Bueno, no del todo. No tengo ningún problema en hacer una lista de todo lo malo…

… Pero ¿cómo se supone que voy a escribir sobre los rasgos BUENOS de Randy?

—Eh… un momento —protesto—. No he terminado.

—Lo siento —dice Gina, con un tono que deja claro que no lo siente en absoluto—. Tenemos un programa que cumplir.

Recoge las hojas y les echa un vistazo.

—Ahora van a intercambiar los papeles —anuncia Gina.
Me entrega a mí el de Randy y a él, el mío.

CAPÍTULO 9

Cuando le echo un vistazo a la hoja, la sangre empieza a golpearme las sienes. No puedo creer lo que ven mis ojos.

¡ESTO ES INDIGNANTE!

—Estás enojado —dice Gina. Las comisuras de sus labios insinúan una sonrisa—. ¿Algún problema?

—¡Sí! ¡Hay un problema…!

—¿Es una broma? —le gruño a Randy.

—Dímelo tú —me suelta con una sonrisa.

—No le veo la gracia.

Su rostro se retuerce hasta convertirse en una máscara de preocupación fingida.

Trato de encontrar una respuesta ingeniosa, pero no se me ocurre ninguna. Randy señala el dibujo que sostengo en la mano.

—¿Y si publico ese dibujo en el *Corneta* para que todo el mundo lo vea? ¿Y si le pongo un TÍTULO ingenioso…?

Esto no es justo. Actúa como si hubiera dibujado «Adivina quién es» porque sí.

—Si lo hice fue porque te comportaste como un imbécil —protesto.

—Me comporto como un imbécil contigo porque tú eres un imbécil conmigo.

—Así no llegaremos a ninguna parte —declara Gina con sus aires de sabihonda—. Probemos otra cosa.

Y así lo hacemos. Lo probamos TODO:

Nada funciona. Al final de la sesión, tengo dos cosas muy claras: (1) es inconcebible que me haya perdido el entrenamiento para la Competencia del Barro por esto, y (2) Randy y yo seguimos odiándonos.

Muy bien, genio. Todo sexto va a ir al museo de ciencias. ¿Qué tiene eso que ver con nuestras sesiones de consejería?

—En las excursiones, el señor Galvin siempre agrupa a la clase en parejas —aclara Gina.

Randy está tan horrorizado como yo, pero ¿qué podemos hacer? Gracias al director Nichols, Gina tiene el poder.

Acabo de acordarme: no le pedí a mi padre que me firmara la hoja de permiso para la excursión al museo. ¿Quiero ser el compañero de Randy ese día? No. Pero ¿prefiero perderme la excursión? NI HABLAR. Quedarte en la escuela cuando el resto de la clase ha salido significa pasarse el día con la señorita Jones, alias señora Cotorra.

Ya veo el titular: MAESTRA AYUDANTE MATA A UN ESTUDIANTE DE ABURRIMIENTO. Me aseguro de meter la hoja de permiso en la mochila y me voy a casa.

—Eh, espera —le digo, señalando un campo sin relle-nar—. Tienes que poner el número de teléfono del trabajo.

—He anotado el de casa —repone.

—Sí, pero la excursión al museo la hacemos un miércoles y los miércoles siempre estás en la oficina, así que...

Al mirar a mi padre, se me apaga la voz. Tiene una expresión que... Bueno, no sé QUÉ significa. Nunca le había visto poner esa cara.

Las reuniones familiares o son muy buenas o muy malas... y no he visto que papá sonriera. Cuando entro en la habitación de Ellen (un mundo extraño de brillo de labios de fresa y ositos pan-

da de peluche), se me hace un nudo en el estómago. Algo va mal.

—Siéntense —nos dice mi padre, señalando el sofá.

Ellen se sienta. Yo no: estoy demasiado nervioso.

—Le he dado muchas vueltas —papá se aclara la garganta—, pero no hay un modo fácil de decir esto. Así que mejor soltarlo y listo.

Un momento, esto no tiene sentido.

—¿El MES pasado? —pregunto—. Pero ¡si te vimos ir a la oficina hace solo un par de semanas!

—Últimamente he ido a MUCHAS entrevistas —prosigue papá—, para tratar de encontrar un trabajo por aquí. Quedarnos es mi primera opción.

—¿Tu primera opción? —repite Ellen como un eco, con un hilito de voz—. ¿C-cuál es la SEGUNDA?

Papá toma aire y responde:

—Bueno, hay una empresa que quiere contratarme...

... EN **CALIFORNIA.**

Es como si todo el aire hubiera abandonado la habitación.

—¿California? —repito.

—Entonces... ¿vamos a mudarnos? —susurra Ellen.Papá sonríe. Es la sonrisa más triste que le he visto nunca.

—A no ser que consiga encontrar un trabajo aquí...

SÍ, CARIÑO. ME TEMO QUE VAMOS A MUDARNOS.

Ellen se levanta y sale corriendo del salón. Oigo retumbar sus pasos escaleras arriba, un portazo, y luego el ruido al dejarse caer en la cama. Estoy casi seguro de que está llorando con la cara hundida en la almohada porque reconozco el sonido. Es como el de una ballena jorobada con un ataque de asma.

Miro a papá.

—Pero aún podrías encontrar un trabajo aquí, ¿verdad? Quiero decir que...

—Supongo que sí —me responde en un susurro. Luego su voz da un giro y, con alegría y seguridad fingidas, asegura—: Todo irá bien. Ocurra lo que ocurra, les prometo que todo irá bien.

Y se mete en la cocina a quemar la cena. Yo me voy afuera y me dejo caer en el césped. ¿Han oído lo que ha dicho? OCURRA LO QUE OCURRA.

—Eh, ¡cuéntanos cómo ha ido la consejería! —me pide Dee Dee mientras todos se sientan a mi lado.

—¡Sí, queremos detalles! —trina Teddy.

—Ha estado bien —musito.

—Nada. Todo va bien —digo sacudiendo la cabeza.

Ya sé lo que están pensando: son mis mejores amigos, así que ¿por qué no les cuento que tal vez me mude a casi 3.000 millas de aquí? La verdad es que no puedo explicarlo. Sé que todos tratarían de hacerme sentir mejor...

California es **FASCINANTE**, meteorológica-mente hablando. La temperatura media es...	Dentro de unos pocos años, cuando me haya convertido en una estrella de Hollywood, ¡seremos **VECINOS!**	Te contaré un **CHISTE** que te animará. Un pato entra en una barbería...

… pero ¿y si no estoy LISTO para sentirme mejor? Hace apenas dos minutos que me he enterado de lo de California. Lo último que quiero es HABLAR de ello. Así que no lo hago. Y cambio de tema.

—¿Cómo ha ido el entrenamiento? —pregunto.

—¡Me ha dicho que eres muy chévere y que le encanta tu sentido del humor! ¡Y también le pareces guapo! ¡Incluso le gusta tu PELO!

—Entonces esta chica es literalmente una entre un millón —suelta Teddy con una carcajada. Todos se ríen. Excepto yo.

Supongo que por eso la gente dice que todo tiene su momento. Ayer habría saltado de alegría al enterarme de que le gusto a Ruby. Pero ahora...

—¿Y bien? —Francis me da un codazo—. ¿Cuándo le pedirás que salga contigo?

Me levanto.

—No se lo pediré.

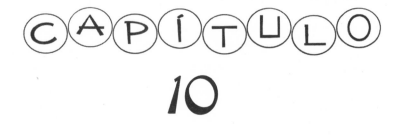

—Nate, ¿QUÉ te pasa últimamente? —me pregunta Francis cuando llegamos a la escuela el miércoles por la mañana.

Dee Dee tiene razón a medias. Hoy haremos la visita al museo, pero Randy es apenas una motita en la pantalla de mi radar. Además, dentro de nada habrá desaparecido de mi vida para siempre.

Todavía no le he contado a nadie que voy a mudarme. Supongo que espero a que ocurra un milagro de última hora. Pero a papá solo le queda una entrevista por hacer. Si esa no sale bien...

Veo a Ruby al subir al autobús y el corazón me da un vuelco. Por supuesto, mentía cuando dije que había cambiado de opinión sobre ella.

Ella todavía me parece genial. Pero ¿para qué decirle lo que siento…?

Se tarda unos veinte minutos en llegar al museo, pero, gracias a Mary Ellen Popowski, el viaje se hace eterno.

Al cabo, el autobús se detiene delante de la puerta principal y todos entramos en el vestíbulo. A pesar de que mi estado de ánimo está por los suelos, este lugar me parece súper…

… hasta que el Capitán Aguafiestas llega a arruinarlo todo.

—Nada de tonterías —anuncia el señor Galvin—. Estamos aquí para APRENDER.

TODA LA INFORMACIÓN QUE NECESITAN PARA RELLENAR ESTOS CUADERNILLOS ESTÁ AQUÍ, ¡EN EL MUSEO!

¡REÚNANSE CON LA PAREJA QUE LES HE ASIGNADO Y EMPIECEN!

—Ya lo has oído —insiste Gina, acercándome a Randy.

Ambos nos fulminamos con la mirada.

¡VAMOS, A TRABAJAR EN EQUIPO!

—Acabemos con esto —gruñe Randy—. ¿Por dónde empezamos?

Le echo un vistazo al cuadernillo.

—Por la exposición de entomología. La entomología es el estudio de los insectos.

—Ya sé lo que es la entomología —me suelta Randy, molesto—. No soy idiota.

—De eso te encargas tú —me dice. Típico de Randy: siempre tratando de zafarse.

—¿Por qué YO? ¿Por qué no lo haces TÚ?

Un momento, ¿ha sonado eso como si le estuviera dando las gracias por llamarme «tonto»? Porque no era esa mi intención. Es que me he quedado de piedra cuando me ha dedicado un cumplido... o algo parecido.

—Aquí hay un millón de preguntas —dice observando el cuadernillo—. Si nos dividimos el trabajo, acabaremos antes.

Randy se marcha y yo me meto en el ascensor, camino de la sección de Entomología. Encuentro el escarabajo titán en una vitrina y empiezo a dibujarlo.

Eh, eso me da una idea para mi próximo cómic de Ul-
tra-Nate:

Se abren las puertas del ascensor y un montón de estudiantes se baja. No son de la escuela pública 38, así que
apenas me fijo en ellos. Sin embargo, de pronto, algo me
llama la atención.

Uno de los estudiantes lleva una chaqueta que me
resulta familiar. Es mora-
da y dorada, con una
enorme «J» en el pecho.

«J»... DE... ¡JEFFERSON!

Vaya. Qué mala pata. Nuestra escuela hace solo una excursión al año y resulta que ese día tenemos que coincidir con el Imperio del Mal. Les lanzo una mirada sutil (pero aun así devastadora) mientras pasan. Están demasiado ocupados siendo repulsivos como para darse cuenta. Sigo con mi dibujo.

Oh-oh. Es Nolan.

Nuestros caminos ya se habían cruzado en el pasado. En invierno, cuando nuestra escuela tuvo que mudarse a las instalaciones de la Jefferson durante un tiempo, Nolan no nos dio precisamente la bienvenida. Y ahí está de nuevo, tan afable como siempre.

—Devuélvemelo —le exijo.

No me hace caso y se mete mi dibujo en el bolsillo.

—¿Y qué si estoy? —le respondo, tratando de no concentrarme en el detalle de que es un pie más alto que yo.

—Los vamos a machacar. —Me golpea con fuerza en el pecho.

Se le ensombrece la cara.

—Vas a besar el suelo —sisea—. No solo en la Competencia del Barro...

—¿Por qué debería hacerlo? —suelta Nolan con desdén.

—Haz las cuentas —replica Randy sin alterarse—. Tú estás solo...

Vale, ¿soy el único al que la situación le parece rara? Randy Betancourt, el mayor abusón de la escuela pública 38, ¡DANDO LA CARA POR MÍ! Y ¿saben una cosa? La estrategia ha funcionado, porque Nolan empieza a retroceder.

—Dos contra uno —balbucea—. Muy justo.

—Ajá —digo, recuperando la voz—. Es curioso lo mucho que te preocupa la justicia de repente.

Nolan desaparece. Me sacudo el polvo de la ropa y me vuelvo hacia Randy.

—Olvídalo. Ese tipo es un idiota —me dice.

Al ver mi lápiz en el suelo, me acuerdo del cuadernillo y suelto un gruñido.

Randy se deja caer en un banco.

—Entonces sacaremos un suspenso. Genial. Justo lo que necesitaba.

—¿La consejera ¿Te refieres a la señorita Dempsey?

Las mejillas se le tiñen de rojo.

—Olvídalo —me dice—. No es problema tuyo.

—¿Por qué vas a verla?

—Porque mis notas han bajado. —Su voz es inexpresiva—. Y mis padres se están divorciando. Por eso. No digas nada.

Randy parece muy abatido. Probablemente debería quedarme callado, pero noto que algo abandona mis pulmones y se abre paso garganta arriba hasta mi boca. No puedo detenerlo. De repente, mi voz tiene ideas propias.

CREO QUE VOY A MUDARME A CALIFORNIA.

—¿En serio? —dice Randy, asombrado.

Asiento con la cabeza.

—Mi padre dice que no es cien por ciento seguro...

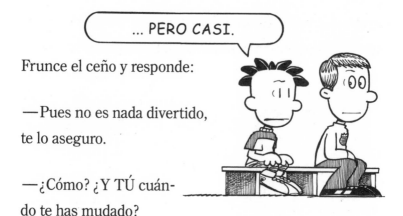

Frunce el ceño y responde:

—Pues no es nada divertido, te lo aseguro.

—¿Cómo? ¿Y TÚ cuándo te has mudado?

—Yo me mudo cada SEMANA —me dice, escupiendo las palabras mientras se levanta del banco.

No soy psicólogo, pero algo me dice que debo dejarlo a solas. Bajo al vestíbulo: por suerte, el señor Gavin tiene algunos cuadernillos extra. Corro como si mis calzoncillos ardieran, pero consigo acabar la página antes de que llegue la hora de irnos. De modo que Randy y yo no suspenderemos. Aunque, a juzgar por el dibujo del escarabajo, tampoco nos pondrán un sobresaliente.

¡OOOH! ¿ES UN **ORNITORRINCO?**

Mary Ellen trata de animarnos para que entonemos otra ronda de canciones de campamento durante el viaje de vuelta a la escuela, pero yo no puedo dejar de pensar en la Competencia del Barro. Puede que sea el último partido que juegue con los Linces y...

SEGURO QUE NOS **DESTROZARÁN.**

¿CÓMO LO SABES? ¿HAS VISTO JUGAR A LOS DE LA JEFFERSON?

—No —sacudo la cabeza—, pero el año pasado nos ganaron. Veinticinco a seis, ¿se acuerdan?

—Y eran más altos —añade Teddy—. Algunos jugadores podrían lanzar ese disco a una MILLA de distancia.

—Eso es lo que necesita NUESTRO equipo —digo cuando el autobús se detiene delante de la escuela.

—¿No tendrás consejería de nuevo, verdad? —me pregunta Teddy.

Unos minutos más tarde, los luchadores de los Linces corren por el campo de juego: Francis, Teddy, Dee Dee, Chad...

... y Ruby. Y yo. Es raro.

Sí, muy divertida. Salvo cuando Nolan me ha arrojado al suelo como una muñeca de trapo.

Teddy me lanza el disco, pero el viento desvía su trayectoria. El Frisbee gira hacia la izquierda y se aleja cada vez más, hasta que…

Con un movimiento de muñeca impecable, Randy me lo pasa. El disco no se bambolea. No se curva. Ni siquiera tengo que moverme. Solo levanto las manos.

Ha sido un lanzamiento perfecto. PERFECTO. Es exactamente el tipo de lanzamiento que hacen los del equipo Jefferson. El tipo de lanzamiento que nosotros no sabemos hacer.

No titubeo. Corro hacia Randy. No puedo creer lo que voy a preguntarle, pero...

CAPÍTULO

11

—A ver si lo he entendido bien —susurra Francis.

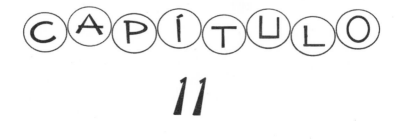

—¿POR QUÉ? —salta Teddy—. Te pasas un par de horas con él en una salida al museo y, de repente, ¿se hacen superamigos?

—No somos superamigos —le aseguro.

En el escepticómetro, las miradas que me dedican van del *No lo veo muy claro* hasta el *Te has vuelto loco*. Al cabo, sin embargo, Francis claudica.

—Supongo que podemos probar.

Hay que ver cómo pueden cambiar las cosas. Hace una semana, Randy quería romperme la cara y ahora somos compañeros de equipo. Es un poco raro. Pero parece que pidiéndole que se una a nosotros todos ganamos. Él se olvida un rato del divorcio de sus padres y nosotros tenemos más probabilidades de ganar la Competencia del Barro.

Eso suponiendo que lleguemos VIVOS. Antes tenemos que sobrevivir a los ENTRENAMIENTOS. Al cabo de unos minutos, me doy cuenta de que no será fácil acostumbrarse a tener a Randy en el equipo.

Mientras Francis y yo nos tomamos un descanso para beber agua, Dee Dee se nos acerca.

—No he podido evitar fijarme en que Randy hace sus jugadas acrobáticas más espectaculares delante de Ruby —susurra por lo bajo.

—Sí —refunfuño—. Así es.

—Bueno, ¿y A TI qué más te da? —me pregunta Francis.

—Bueno... esto... exacto —tartamudeo—. Solo estaba... ya sabes... apreciando lo que hace.

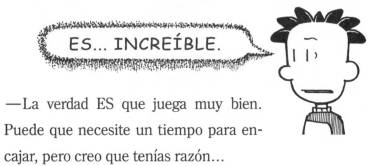

ES... INCREÍBLE.

—La verdad ES que juega muy bien. Puede que necesite un tiempo para encajar, pero creo que tenías razón...

¡NOS AYUDARÁ A ENFRENTARNOS A LA JEFFERSON!

¡VAMOS! ¡VOLVAMOS AL JUEGO!

ESTO... NATE Y YO VAMOS ENSEGUIDA.

Francis vuelve al campo de juego. Dee Dee espera a que se aleje y me dice, dándome un golpecito en el hombro:

—Tal vez hayas engañado a los demás, pero yo no me lo trago.

—¿De qué hablas? —Suspiro dramático. Mirada intensa.

—Hablo de este PAPEL que representas.

Trato de evitar el contacto visual. No es fácil mentirle a Dee Dee.

—Tengo mis razones.

—Pero si los dos se gustan, ¿por qué...?

—Mejor déjalo, ¿vale?

LA PRÓXIMA SEMANA NI SIQUIERA **IMPORTARÁ** SI NOS GUSTAMOS O NO.

Uy. Creo que no debería haber llegado tan lejos. Dee Dee se me echa encima, como hace Chad con los pastelitos.

—¿La semana que viene? ¿Qué quieres decir? ¿Qué va a ocurrir la semana que viene?

Ella no lo va a dejar así. ¿Y saben una cosa? Me parece que QUIERO contarle todo. Llevo demasiado tiempo ocultándolo. Quizás haya llegado el momento de decir algo.

Inspiro profundamente.

¿Cómo? ¿Qué hace papá aquí? NUNCA viene a recogerme a la escuela.

—Um… Ahora mismo vuelvo —le digo a Dee Dee mientras me acerco al auto a la carrera.

—¿Qué tal te ha ido en el museo de ciencias? —me pregunta.

—Bien —respondo. Pero supongo que no habrá conducido hasta aquí para preguntarme sobre la excursión.

Me invade una oleada de miedo. Así que ya es oficial. La boca se me seca cuando trato de confirmar la horrible noticia.

—¿El...? ¿El de California?

EN... LA... ¡CIUDAD!

—¿Te acuerdas de que aún me quedaba una entrevista a la que asistir? Bien, pues ha sido esta mañana y...

—Entonces ¿no nos mudamos?

Lo siento, ya sé que interrumpir es de mala educación, pero tengo que oírselo decir. Para estar seguro.

Papá se ríe.

—No nos mudamos.

—No sabía que IBAS a mudarte —dice Chad.

—CREÍA que iba a hacerlo —farfullo más contento que unas Pascuas. Las palabras me salen a borbotones mientras les cuento toda la historia.

Por un momento (¡y no se rían!) creo que voy a desmayarme. Es como si mis piernas estuvieran hechas de natilla. Me toco la mejilla y la mantengo allí mientras la cabeza me da vueltas. No doy crédito: ¡RUBY ACABA DE BESARME! Momento de fuegos artificiales, chicos. Esto es increíble.

—¿Te importa que me siente?

—Es un país libre —me dice Randy, encogiéndose de hombros.

Me dejo caer en la hierba. Después de un largo silencio, Randy vuelve a hablar; no puede ocultar la amargura que empaña su voz.

—Supongo que sí —respondo.

—¿Vas a publicarlo en tu columna de chismes?

«¡TODO SOBRE LA ÚLTIMA PAREJA! ¡NATE Y RUBY SALEN JUNTOS! Y ¡RANDY ES UN *PERDEDOR!*».

—No —le digo—. No lo haré.

—¿Qué te detiene?

Buena pregunta. ¿Qué me detiene? Tal vez la sensación de que hay cosas sobre las que no se debe chismorrear. O quizá me haya acordado de que Randy me ha salvado de Nolan en el museo. O puede que solo me dé pena. No lo sé.

—Ahora somos compañeros de equipo —digo, al cabo.

—Menudos compañeros. Nos odiamos —dice resoplando.

—No tanto como antes —le recuerdo.

Asiente con la cabeza y una sonrisa le ilumina el rostro.

—Sí. Me encantaría. Pero serán duros de roer.

—Truenos —dice Randy. Entorna los ojos levantando la mirada hacia las nubes negras que recorren el cielo—. Va a llover.

—Bien. ¡Pues mejor así!

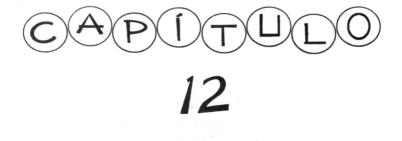

CAPÍTULO
12

La Competencia del Barro no es como esas fiestas que se celebran siempre el mismo día del año. La tradición dice que TIENE que disputarse bajo la lluvia. Así que hay que esperar a que caiga un buen aguacero. Y entonces…

Esta es la escena, fans de los deportes: es viernes por la tarde, la lluvia lleva cuarenta y ocho horas cayendo y la Competencia del Barro anual número 38 está a punto de empezar.

—Caray. Sí que son ALTOS —dice Ruby mientras ocupamos nuestros puestos. Tiene razón. ¿Es que todos los alumnos de sexto de Jefferson han repetido un curso? ¿O tres?

—Vamos, preparemos la defensa —dice Francis—. Dee Dee, tú ocúpate de la niña de la banda en la frente. Y tú, Teddy, del niño del pelo rapado.

—De Nolan me encargo yo —digo levantando la mano.

Francis no está convencido. Sin embargo, después de una larga pausa, accede:

—Muy bien. Ya veremos qué pasa.

Randy lanza el disco a la zona de anotación del equipo de la Jefferson y el juego empieza.

Si alguna vez han jugado a Ultimate, sabrán que es muy sencillo. El objetivo es anotar puntos, cosa que se consigue haciendo llegar el disco al fondo del campo del adversario. Pero no se permite CORRER con el Frisbee. Solo puedes anotar lanzándolo y atrapándolo...

... algo que al equipo de la Jefferson se le da muy bien.

Jinetes 1, Linces 0. ¡Uf! Qué rápido.

—¡Tranquilos, chicos! ¡Los atraparemos! —grita Dee Dee saltando de un lado a otro como una animadora desquiciada.

Pero no lo conseguimos. Cuando por fin recuperamos el disco, Randy le hace un lanzamiento de altura a Ruby y...

Ahora vamos 2-0. Y, al cabo de solo unos minutos, después de que Nolan atrape el disco por encima de mi cabeza, 3-0. Menudo desastre.

—Tiempo —dice Francis volviéndose hacia el árbitro. Nos apiñamos—. Habrá que cambiar algunas cosillas antes de que nos echen del campo.

Francis asiente con la cabeza.

—Lo sé. Y ya ha marcado tres puntos seguidos.

Es una suerte que tenga la cara tan sucia. Estoy seguro de que, debajo del barro, mis mejillas están más rojas que un camión de bomberos.

—No te sientas mal, Nate —me dice Ruby.

—Todos los de su EQUIPO son demasiado altos —observa Teddy.

—Exacto — coincide Francis.

La expresión de Randy se ensombrece.

—¡Creía que les GUSTABA cómo lanzo!

—¡SÍ NOS GUSTA! Pero ¡a los de la Jefferson también!

El partido se reanuda... Y Randy se ocupa de Nolan. No me ha sentado muy bien que Francis me cambiara de posición, pero enseguida resulta evidente que tenía razón. Randy es lo bastante alto como para interrumpir la racha anotadora de Nolan...

... y los poderosos Linces empiezan a reducir la ventaja de la Jefferson.

Aún siguen siendo más altos que nosotros (obvio), pero nosotros somos más rápidos y más astutos. En la segunda parte del partido, empezamos a dominar el juego.

Solo hay un problema… y no es poca cosa.

Enseguida veo lo que ocurre. Y, a no ser que intervenga, dudo que ganemos el partido. Le hago una señal al árbitro.

—Tiempo.

—¡Vamos, Linces! ¡Acérquense todos! — grita Francis.

—No — digo —. No es una discusión de equipo.

ES ENTRE RANDY Y YO.

Randy me mira perplejo mientras chapoteamos por el barro hacia la línea de banda. Esto va a ser incómodo. Creo que lo mejor será soltarlo sin tapujos.

LE HACES MUCHOS PASES A RUBY.

—¿Y qué? Es una buena jugadora —replica, desafiante.

—Sí. Pero le pasas el disco incluso cuando tiene a más de un adversario ENCIMA.

Randy no dice nada, pero al menos tampoco me agrede. Puede que la cosa salga bien.

—Oye, lo entiendo —le digo muy tranquilo—. Te gusta.

Se impone un largo silencio. Luego patea el suelo.

—¿Y TÚ qué sabes? Nunca te ha gustado alguien que no te correspondiera.

Me quedo mirándolo. ¡NO DOY CRÉDITO!

Randy tiene los ojos algo empañados, claro que puede que sea porque estamos en medio de un monzón.

—Da igual —musita—. Supongo que era una locura pensar que pudiera gustarle a Ruby.

—No, no lo era —aseguro—. La locura ha sido que yo tratara de hacer de defensa contra Nolan.

El partido continúa. Nos colocamos a solo un punto de la Jefferson en dos ocasiones y, en ambas, los Jinetes vuelven a ampliar la ventaja. Cuando faltan dos minutos para el final del partido, Francis se desli-  za por el barro y atrapa el disco en la zona de anota- ción. ¡Empate, 19-19!

Pero... ¡un momento! La Jefferson recupera el disco y los jugadores se lo van pasando. El tiempo corre y, si los Jinetes anotan, no tendremos margen para contraatacar. Cuando solo quedan veinte segundos de partido, hacen un pase hacia el fondo del campo...

... ¡Y A NOLAN SE LE ESCAPA EL DISCO! Randy aprovecha la situación: recoge el Frisbee y se vuelve hacia mí.

—¡CORRE! —me grita.

Acelero por el campo embarrado con Nolan pisándome los talones. Podemos ganar el partido... si Randy consigue hacer llegar el disco hasta la zona de anotación...

Miro por encima del hombro, y apenas veo a Randy: lo tengo cincuenta yardas por detrás, soltando un gruñido al hacer el lanzamiento. Entorno los ojos tratando de ver por la cortina de lluvia hasta que... ¡sí! Distingo el disco, que describe una curva hacia la bandera que señala la esquina del campo.

BETANCOURT Y WRIGHT SE UNEN PARA GANAR LA PRIMERA COMPETENCIA DEL TARRO EN 37 AÑOS

Nicnack Park — Durante los primeros minutos de la épica Competencia del Barro contra la escuela Jefferson que se celebró el viernes, las cosas no pintaron muy bien para el equipo de la E. P. 38. Perdían por 3-0 y los Jinetes parecían imbatibles. Sin embargo, después de que Francis Pope pidiera tiempo para tener una charla con su equipo, ¡nuestros Linces volvieron «rugiendo» al campo! (¿Lo captan?)

Los héroes consiguieron un empate a 19 cuando solo quedaban dos minutos de partido y tuvieron la suerte de que uno de los jugadores de la Jefferson falló en un pase. (¡Ja!)

Fue entonces cuando Randy Betancourt hizo uno de los lanzamientos más increíbles de la historia: el disco cruzó todo el campo hasta el veloz Nate Wright, que lo pilló al vuelo cuando se acababa el tiempo.

Hablando de TIEMPO, la escuela Jefferson tendrá doce MESES enteros para lamerse las heridas. ¡Ya habrá más suerte el año que viene, Jinetes!

Nate Wright y Randy Betancourt celebran la victoria.

Ya han pasado cinco días desde el partido y en la escuela todos hablan aún de la victoria (sobre todo ahora que el *Corneta* acaba de salir).

—¡Una foto de Nate y Randy abrazándose! —exclama Dee Dee—. ¡Eso sí que es DRAMA!

Ruby hojea el periódico y, desconcertada, pregunta:

—Nate, ¿dónde está «El Cornetazo»?

—Vaya —dice Chad cuando entramos en la clase de estudios sociales—. Ahora no habrá nada divertido para leer.

—Sí lo habrá —anuncio, sacando un fajo de cómics de mi carpeta—. ¡Recuerden que aún sigo siendo el mejor dibujante de cómics de la E.P. 38! ¡Y esta nueva aventura de «Señorita Godzilla» es lo mejor que he hecho nunca!

Lincoln Peirce

Uno de los autores más vendidos del *New York Times*, es el dibujante y guionista de la hilarante serie de libros de *Nate el Grande* (www.bignatebooks.com), ahora publicada en veinticinco países y disponible en formato ebook y audiobook, así como en app: *Big Nate: Comix by U*! También es el creador de la tira cómica *Big Nate* [Nate el Grande], que aparece en más de cuatrocientos periódicos de Estados Unidos y, diariamente, en www.gocomics.com/bignate. El ídolo de la infancia de Lincoln fue Charles Schulz, creador de *Snoopy*, pero su mayor fuente de inspiración para *Nate el Grande* han sido siempre las experiencias que vivió en la escuela. Como a Nate, a Lincoln le encantaban los cómics, el hockey sobre hielo y los ganchitos de queso (y no soportaba ni los gatos, ni el patinaje artístico, ni tampoco la ensalada de huevo). Se ha hablado de sus libros de Nate el Grande en el programa de televisión *Good Morning America*, así como en los periódicos *Los Angeles Times*, *USA Today* y *Washington Post*. También ha escrito para Cartoon Network y Nickelodeon. Lincoln vive con su esposa y sus dos hijos en Portland, Maine.